PRÓLOGO

Un Beso en Mi Mano es un cuento para cualquier niño que se ve enfrentado a una situación difícil, y para el niño que todos llevamos dentro y que, en ocasiones, necesita sentirse seguro. La ternura del texto y sus ilustraciones llenas de vida trajeron a mi memoria los libros infantiles clásicos que disfruté con mis propios hijos, y que me dejaron la cálida y maravillosa sensación que prueba que éste es un verdadero clásico infantil.

Aun antes de que la Child Welfare League of America [Liga Norteamericana para el Bienestar del Niño] considerase la publicación de este libro, Audrey Penn ya había presentado su cuento a niños en escuelas, bibliotecas y hospitales infantiles. Me siento feliz de que este libro pueda llegar ahora a una mayor audiencia, ayudando a la gente a enfrentarse a muchos tipos de desafíos con la confianza de que se puede salir adelante.

Un niño que entra a una nueva escuela o que sale de campamento, un niño que entra a un hogar de menores o a un internado, un niño que se enfrenta a una separación temporal de sus seres queridos o a la muerte de uno de sus padres, o de sus abuelos o de alguna otra persona especial, incluso un adulto temeroso, encontrará seguridad en estas páginas. Los padres y aquellos que se preocupan por los niños encontrarán una forma inolvidable para comunicar el mensaje que todos más necesitamos escuchar: "Eres amado".

Jean Kennedy Smith
Fundadora y Presidenta del Programa
Very Special Arts (Artes Muy Especiales)
Washington, DC

Un Beso en Mi Mano

de Audrey Penn

Ilustraciones de Ruth E. Harper y Nancy M. Leak

Tanglewood Press ✦ Terre Haute, IN

Publicado por Tanglewood Press, Inc., 2006.
Primer publicado por CWLA en 2001.

TANGLEWOOD PRESS, INC.
P. O. Box 3009, Terre Haute, IN 47803, www.tanglewoodbooks.com
Manufactured by Regent Publishing Services, Hong Kong. Printed August 2012 in ShenZhen,
Guangdong, China. Four Printing.

NÚMERO DE IMPRESIÓN (últimos dígitos)
4 5 6 7 8 9 10

Diseño del libro de S. Dmitri Lipczenko
Tipografía y producción de Hannah Kleber, Rockville, MD
Translated by Tere Rogers and Cristia Diac at TranslationSpecialists.com
Impreso en China

Library of Congress Cataloging-in-Publication Data
Penn, Audrey, 1947-
   [Kissing hand. Spanish]
   Un beso en mi mano / de Audrey Penn ; ilustraciones de Ruth E. Harper y Nancy M. Leak.
      p. cm.
Summary: When Chester the raccoon is reluctant to go to kindergarten for the first time, his mother teaches him a secret way to carry her love
with him.
   ISBN 1-933718-01-3
   [1. Separation anxiety--Fiction. 2. Mothers and sons--Fiction. 3. Raccoons--Fiction. 4. Forest animals--Fiction.
   5. Kindergarten--Fiction. 6. Schools--Fiction. 7. Spanish language materials.] I. Harper, Ruth E., ill. II. Leak, Nancy M., ill. III. Title.
PZ73 .P4634   2006
[Fic]--dc21   2006006355

Para Stefanie Rebecca Koren
y todos aquellos niños en cualquier
parte del mundo que aman sentirse amados.

Chester Mapache se detuvo en las afueras del bosque y lloró.

"No quiero ir a la escuela", dijo a su madre. "Quiero quedarme en casa contigo. Quiero jugar con mis amigos, jugar con mis juguetes, leer mis libros y columpiarme en mi columpio. Por favor, ¿puedo quedarme en casa contigo?"

La Sra. Mapache tomó a Chester de la mano y frotó su nariz contra la oreja de su hijo.

"A veces, todos tenemos que hacer cosas que no queremos hacer", le dijo con suavidad. "Aunque estas cosas nos parezcan extrañas o nos asusten en un principio. Pero la escuela te encantará una vez que comiences a ir".

"Harás nuevos amigos y jugarás con nuevos juguetes".

"Leerás nuevos libros y te columpiarás en nuevos columpios. Además," agregó, "conozco un maravilloso secreto que hará que tus noches en la escuela sean tan cálidas y acogedoras como tus días en casa".

Chester secó sus lágrimas y la miró con interés. "¿Un secreto? ¿Qué clase de secreto?"

"Un secreto muy antiguo", dijo la Sra. Mapache. "Lo aprendí de mi madre, y ella lo aprendió de la suya. Se llama Un Beso en Mi Mano".

"¿Un Beso en Mi Mano?", preguntó Chester. "¿Qué es eso?"

"Te mostraré". La Sra. Mapache tomó la mano izquierda de Chester y la abrió separando sus pequeños dedos como si fuese un abanico. Se inclinó hacia adelante y besó a Chester justo en el medio de su palma.

Chester sintió que el beso de su madre se precipitaba de su mano y corría por su brazo hasta llegar a su corazón. Incluso su suave máscara negra se estremeció con esa especial sensación de calidez.

La Sra. Mapache sonrió. "Ahora," dijo a Chester "cuando te sientas solo y necesites un poco de cariño como el que recibes en casa, sólo presiona tu mano sobre tu mejilla y piensa, 'Mami te ama. Mami te ama'. Y ese mismo beso saltará hacia tu cara y te llenará de cálidos y acogedores pensamientos".

Tomó la mano de Chester y con mucho cuidado envolvió el beso con sus deditos. "Ahora, deberás ser muy cuidadoso para que no se te pierda", bromeó. "Pero no te preocupes. Te prometo que cuando abras tu mano para lavar tus alimentos, el beso permanecerá allí pegado".

Chester amaba el Beso en Su Mano. Ahora sabía
que el amor de su madre estaría junto a él dondequiera
que él fuese. Incluso en la escuela.

Esa noche, Chester se paró frente a su escuela y se quedó pensativo. De repente, se volvió hacia su madre y sonrió.

"Dame tu mano", le dijo.

Chester tomó la mano de su madre entre las suyas y separó sus grandes dedos ya conocidos para él como si fuese un abanico. A continuación, se inclinó hacia adelante y besó el centro de su mano.

"Ahora tú también tienes Un Beso en Tu Mano", le dijo. Y con un suave "Adiós" y un "Te amo", Chester dio media vuelta y se fue saltando de alegría.

La Sra. Mapache vio a Chester corretear por la rama de un árbol y entrar a la escuela. Mientras el búho ululaba indicando el comienzo del nuevo año escolar, la madre de Chester presionó su mano izquierda contra su mejilla y sonrió.

El calor del beso de Chester llenó su corazón con palabras especiales.

"Chester te ama", murmuraba. "Chester te ama".

TE AMO